U0455087

足迹在路上，路在心里

韩淑芳◎著

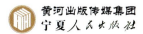

黄河出版传媒集团

宁夏人民出版社

图书在版编目（CIP）数据

足迹在路上，路在心里 / 韩淑芳著 . -- 银川：宁
夏人民出版社，2023.5
ISBN 978-7-227-07816-6

Ⅰ . ①足 … Ⅱ . ①韩… Ⅲ . ①诗集 – 中国 – 当代
Ⅳ . ① I227

中国国家版本馆 CIP 数据核字（2023）第 097898 号

足迹在路上，路在心里　　　　　　　　　　　　　　　韩淑芳　著

责任编辑　杨敏媛
责任校对　陈　晶
封面设计　沈家菡
责任印制　宋　华

 黄河出版传媒集团
宁夏人民出版社 出版发行

出 版 人　薛文斌
地　　址　宁夏银川市北京东路 139 号出版大厦（750001）
网　　址　http://www.yrpubm.com
网上书店　http://www.hh-book.com
电子信箱　nxrmcbs@126.com
邮购电话　0951-5052104　5052106
经　　销　全国新华书店
印刷装订　宁夏银报智能印刷科技有限公司
印刷委托书号　（宁）0026276

开本　787 mm×1092 mm　　　1/16
印张　12.75
字数　150 千字
版次　2023 年 6 月第 1 版
印次　2023 年 6 月第 1 次印刷
书号　ISBN 978-7-227-07816-6
定价　42.00 元

◎ 目 录

《岁月如歌》

又登古城墙

月光下

小草上的露珠儿

珍珠般闪亮

护城河水

粼粼波光

悠悠的

唱着岁月之歌

缓缓流淌

放眼望去

高楼林立

道路宽广

街灯明如昼

一派繁荣景象

轻风带着静谧和亲切

温暖着我的心房

青年时的我

曾无数次上这城墙

或漫步不语

或登城眺望

乌黑的长发迎风飞扬

……

今天

我又登古城墙

有一种穿越时空的感慨

与感动

我慢步不语

登城眺望……

家乡的母亲河

历史上

名士曾治理她

为"铁帮铜底河"

千百年来

她是这里唯一常年流水的河

所以印象深刻

还因为

她与我的原单位

仅一路之隔

闲暇时

我常到河畔去

或漫步踏青

或驻足看柳

或在河边草丛席地而坐

静静的

只专注于

映在河水里的

燕飞蝶舞

云卷云舒

却有几分

"独钓寒江雪"的

超然与洒脱

我领略过

母亲河的春色和秋韵

也观赏过冬雪夏雨

在这里纷飞与洒落

当雪或雨

不期而至的时候

母亲河依然从容

她不理会雪的形态

也不介意雨来自何方

默然中

接纳着

包容着

并很快和它们融为一体

承载着希望和使命

去造福人民

诠释着"有容乃大"的宽广胸怀

阳光下的母亲河

弯弯曲曲

金光闪烁

像一条柔美的丝带

飘向远方

多少次

我独自沿河而步

微风轻拂我的长裙

清新的气息

滋润我的脸庞

时因游兴未尽

流连忘返

直待夕阳西下

才欣然而归

我退休后

跟随儿女居住京城

偶尔回家乡

多是来去匆匆

少能故地重游

只是

永不忘

常想起……

昔日如昨

一次次河畔之游

时时在我的脑海中闪过

不知母亲河

可曾记起我？

我也去过

澳洲、美洲、东南亚等地

也看过

那里的海洋、河流和湖泊

都很美

只是

我有着不一样的感觉

家乡的母亲河

带给我太多的启迪和思索

她记录着我的经历与变化

见证着我对家乡的眷恋及热爱

无论我走多远

离多久

家乡的母亲河

就像一盏明灯

始终照亮我回家的路

我感念家乡的母亲河

《丝瓜》

秋　夜

阵阵清风吹过

吹来一树金色

成熟的五谷已入仓

仓仓满堂堂

村旁小溪水清清

大雁南飞成行

领略着秋韵

想到秋收时的家乡

小溪旁

夏日的月夜

我来到静静的小溪旁……

曾经的邻家姐姐

凝望着溪水中的月

说，是爹娘告诉她

她的哥哥还没有媳妇

因此要把她嫁到很远的地方

嫁给一个她从没见过的人

那时的我

什么都不懂

只记得

她用手抹了一下眼泪

我也没多想

便挥手告别

......

几十年过去了

我又站在小溪旁

站在邻家姐姐

当初凝视水中月的地方

月夜，溪水依旧

邻家姐姐

你今在何方？

《葡萄》

难忘古城

这座古城

我曾居住过二十余载

这里的花谢花开

伴我度过青春时代

城门下我躲过雨

城墙根儿我避过风

西街大槐树下

我乘过凉

也听过

东街钟楼上

响亮的钟声

……

四十年前

我离开古城

留下

八月天的云淡风轻

离开略显匆忙

有的朋友

甚至都没来得及辞行

可情谊

一直在心中

毕竟

我们曾经相遇、相识、相处于

这"鼎鼎大名"的古城

遥　望

眼前

一幢幢高耸的楼房

挡不住我思绪的遥望

……

高粱红

谷子黄

白生生的棉花尽开放

我奔跑在田垄上

梦一样朦胧

诗一般美妙

只是

儿时的趣，当时不懂得

而在回忆中

才体会到

《葫芦》

田园颂

美好的风光

一眼望不到边

绿油油的庄稼

清风中

颔首交谈⋯⋯

嗒嗒的水车声

送出清澈的井水

龙蛇一样流进畦中

不远处的林圃里

传来鸟儿的歌

歌声清脆又嘹亮

我不禁和声唱

"这是我美丽的家乡"

望　月

月亮

月月亮

望月想远方

我望月时月照我

欣然

月亮也在照故乡

和谐之美

嗅到春天花香

想起家乡的布谷鸟儿唱

人们根据布谷鸟儿叫声的音韵

——"布谷，布谷"

编出并传诵着一问一答的

人与布谷鸟儿对唱的歌谣

曾记得

"春眠不觉晓"的清晨

我走在上学的路上

一听到布谷鸟儿的叫声

便神采奕奕地跟鸟儿对唱

鸟儿"布谷，布谷"

问："你在哪儿住？"

答："高上杨树。"

问："吃的啥饭？"

答："喝的糊涂。"

问："吃的啥菜？"

答："黄瓜浇醋。"

问："我来尝尝？"

答："等到晌午。"

......

只待布谷鸟儿的歌声已远

我还在轻声吟唱

与其说

我和着布谷鸟儿歌唱

不如说

是布谷鸟儿的歌声

带给我太多的快乐和力量

那一路欢喜一路歌的景象

实在难忘

今天想来

依然觉得妙趣多多

无比欢畅

《戏水》

有一种声音令我想家乡

那声音很普通

但充满了希望

和憧憬

声音很平常

很好听

"嗨哟！嗨哟！嗨！"

是由四人一齐拉绳子的行夯声

穿过岁月的时空

承载着儿时的梦境

无论身在何地

那声音

我时常静静地想起

静静地听……

那是永不变的

乡音和乡情

故乡，我爱你

不论何时何地

说不清看到了什么

便会想起你

有人说你

并不美

也不富裕

可是

你在我心中

没有什么地方能代替

我生在这里

长在这里

常想起

儿时的四季

春天来了

我和布谷鸟儿对唱悦耳的歌

夏日的雨天

我穿着高粱叶编制的蓑衣

在细雨中跑来跑去

秋季里

我拿一根带钩的长杆

去南场打红枣儿

钩住枣儿最密的一枝

用力一摇

红枣落满地

冬到时

白雪皑皑

像棉被一样

覆盖着大地

待日出

雪被融化后

田间

露出麦苗儿

垄垄绿意

这一切

可能别处也都有

只是

别处不是你

你的泥土里扎着我的根

你的土地上

有我开始人生旅途的足迹

我曾无数次

说过一句话

今天

我还要说

——故乡，我爱你！

《向日葵》

故地重游

在这个

城市里

我曾经

工作，居住过很久

这条

梧桐树下的林荫道

数不清有多少次

我在这里走

这条林荫道

已成了我

熟悉的好朋友

离开后

我未曾来过

好多年过去了

今天

我站在这林荫道上

不知朋友

是否还认得我

忽然

有一片梧桐叶

飘悠悠地

落在我肩上

恰似

朋友温暖亲切的手

轻轻地

拍在我肩头

春 天

春暖花开时
我回到故乡
独自漫步在果园
赏花颜
嗅花香

风那么柔
天那么蓝
草那么绿
花儿那么艳
新鲜熟悉又温暖
仿佛回到了童年

《似水流年》

童　趣

枣儿长成了

圆圆的脑袋

红脸膛

排成溜儿在枝叶上

我在树下看枣儿

枣儿枝头看地下

忽然

有个红透的枣儿掉下

正巧掉到我头上

我笑了

那枣儿

也笑了

时　光

许多许多的往事

已渐行渐远

昔日稚气十足的小儿女

今已成家立业

也为人父为人母了

而镜中的自己

也改变了往日的容颜

对此

可以回味

可以感叹

如果为自己逝去的青春

而悲伤

那是还没懂得

敬畏自然

中秋节将至

秋高气爽

不禁想起儿时的中秋节

备好红枣、毛豆和石榴

只待明月升起

烧香、磕头

娘在前

我在后

祈愿天佑众生

保佑五谷丰收

如今的我

已超过我娘当年磕头时的年龄

娘也早已离我远走

今又将至中秋节

恰是倍思亲的时候

《紫藤花》

心连心

一种心绪

我难以摆脱

忍不住

拨通电话

说 B 超已做过

可能因体位的角度

有的部位尚不得结果

很奇妙的一刻

我竟然轻松地舒了一口气

只不过是好事多磨

我双手合十

默念阿弥陀佛

刹那间

走过小港

看到大洋

阵阵清风吹来

船舶在洋面上摇荡

我走在皮尔蒙特大桥上

往来游人多多

尽是陌生脸庞

忽闻

一声熟悉的妈妈

刹那间

我便不觉是在异国

仿若回到故乡

花开时

玉兰花开时

我们团聚了

别时说

石榴花开

还来看我

杏花开罢

桃花也开过

……

石榴花开了！

他们来了！

我们的笑脸榴火映

彤颜不尽同

有旭日霞

有夕阳红

《玉兰花》

静美的小院

后院里的紫阳花绽放了

弯弯的长杆上

顶着硕大的花朵

呈球状

右边的院墙

全被爬山虎遮盖

绿色的瀑布一样

左侧墙前的

万年青叶肥秆壮

齐刷刷地

相互拥挤着

排成行

后墙处

有棵玉兰树

枝繁叶茂

像撑开的翠绿色的伞

洒小院一片阴凉

院中

泳池边的台阶上

摆放一溜儿月季

棵棵都开满鲜艳的花儿

与不远处的芍药花儿

斗艳争芳

我坐在小院的木椅上

犹如坐在花园一样

枫叶岁岁红

湖畔垂柳盛

树下丛花鲜

群鸟齐飞来

聚落在树周

它们大模大样

气定神闲

或觅食自享

或扭头交谈

或高歌畅然

晴空下

湖面如镜

高塔影

倒映湖中

观之诗意心志娱

赏心尽在不言中

轻摇小船

涟漪

波动着水中的蓝天

蓝天上的白云飘散

醉于画意

不觉

时光飞逝中

水天一色群山隐

方知上岸登归程

落日余辉未尽

月亮已升高空

一景一境一故事

寄情枫叶岁岁红

《事事如意》

郊　游

女儿驱车

外孙导航

中午时分

我们来到

有山有水有绿树的地方

见两层楼阁

建在半山腰上

走上几多台阶

入小院

倚栏俯望

全不见来时的小路

只现绿翠叠嶂

仰望高空

云低鸟翔

细雾零星

如入仙境

小外孙兴奋不已

胸前挂着相机

快速跑进那童话城堡般的楼阁

小鸟儿

有三只小鸟儿

分别唱着动听的歌儿

相继落到我家楼台上

他们轻轻走动着

相互扭动着小脑袋

仿佛开会一样

然后

停止徘徊

敞开了胸怀

一展翅都飞走了

我眺望着他们高飞的身影

却感到一种欣慰

因为

翱翔是鸟儿的天性

飞去还飞来

《天伦之乐》

孩　子

孩子是最饱满的种子

是最旺盛的火焰

是未来的希望

是无可战胜的力量

孩子是父母的开心果

是家庭幸福的源泉

哪里有孩子

哪里就是生机盎然的春天

和孩子在一起

和孩子在一起

我是一位长者

也是一个孩子

和孩子在一起

像畅游在童话世界里

会觉得单纯，温馨又欢喜

和孩子在一起

我成了小学生

变得好奇，活泼又有趣

孩子

天使般美丽

他们平安、健康、茁壮成长

是所有人的

最大福气

《石榴》

要自立，自强

无论在什么地方

总得与人交往

与人交往的时候

要为人正直

要真诚善良

要光明磊落

要懂得虚心和礼让

生活中

会有不尽如人意的事

要把它视为平常

不管遇到天大的苦或难

应尽力做到镇定

坦然

忌草率

忌鲁莽

而应沉着，冷静

自立，自强！

面对困难

要有勇气

面对不解

要善于观察和分析

学会辨别善与恶，真与伪

认真地考虑和思量

一旦确定并迈出步子时

要勇于前进

敢于承担

与人交往中

不欺负任何人

当然

也不受任何人欺负

要有强健的体魄

和渊博的知识

此乃自立、自强之本

遇到某些客观现实

无法改变的时候

要学会改变自己

——改变自己，绝不是去低头

绝不是无奈地逃避

或者无原则地顺从

而是堂堂正正做好自己该做的事情

自立，自强！

难忘的一幕

路过昔日来过的单位门前

说不出的思绪万千

曾经的那一幕

当时来不及细想

未识它的轻重深浅

是例行公事吧

一张一张

把名字签

只为了尽快治疗

没有想那是一种承担

待他病愈出院

仿佛才有所悟

那一个个签名

并非等闲

思　念

细雨蒙蒙

秋风送爽

独坐窗前

想起昨夜梦回故乡

……

站在小村旁

见树叶悠悠飘落

撒一地忧伤

村南的松树行

场边的小池塘

还有家里的老屋

都依旧

只是

不见爹娘门口望

《牡丹花》

欣 喜

繁忙中

我忘却了自己

却没忘记

新鲜、艳丽的康乃馨

激起我好多话语

又总愿意说给你

一句、两句、更多句……

好在懂得

总是笑着对我说

知——道

那是惦念

是挂记

我没说什么

——感到欣喜

美好永驻

过往的

某一片段或场景

久居我心一隅

如公园野餐

桥头留影等等

无须担心忘记

它像记忆长河中的

朵朵浪花

时而纷飞

起舞一曲

又融入长河里

《枇杷果》

天长地久　情深意长

我静静地走过那条小巷

巷旁边的老槐树

依然郁郁葱葱

微风中

飘动的枝和叶

一起对根歌唱

天长地久情深意长

圆月照着星星

星星伴着月亮

默然中

她们在合唱

天长地久　情深意长

同胞的兄弟姐妹啊

不管相距千万里

无论隔山隔水遥相望

岁月总在彼此的耳畔歌唱

天长地久　情深意长

《一片冰心在玉壶》

一见如故

异乡初相遇

相遇如故知

——乡音作舟

乡情为桥

我们是朋友

记得

我写的诗给你看的时候

你总是鼓励我

说"写得不错"

记得

你女儿被天津音乐学院录取的那天

你第一时间告诉了我

让我分享你的快乐

今日想起

仿佛如昨

可你女儿

早已是教书育人的钢琴教师了

记得

我们退休后有一年

曾在海南相见

你乘车几十里来看我

相约相聚在公园

我们沙滩上看海

椰树下畅谈

话悠悠

说不休

……

直到近午时分

你要告辞的时候

我才想到

你水没喝一杯

饭没吃一口

你却谢绝了我的挽留

说先生和女儿

在家等候

如此匆忙分别

歉意在我心头

你笑着对我说

"不必客气，我们是朋友"

《梅》

友情永存

喧嚣的日子

少了安全感

多了冷漠

令我难忘的是

你曾经默默陪伴着我

有时

一句话也不说

皎洁的月亮

那一抹柔和的光

总在我心底的一角

宛若一朵瑰丽的花

永不凋落

友谊树

洒真诚像阳光照耀

播友爱如雨露滋润

捧珍惜若沃土培植

舀理解为肥水浇灌

这便能长出一棵棵

郁葱葱

茂密密

常青青的友谊之树

《兰》

致远方的朋友

春来早的时候

我漫步走上桥头

静院灯光闪烁

夜空月明星疏

天地间

光的辉映

洒向桥下清冽的溪流

在凝望的沉思中

我想起远方的朋友

顿然

情愫诚诚

思绪悠悠

相　册

走进它

看到你

想起我自己

那时候

单纯又稚气

不懂得珍惜友谊

为了一句话就生气

如今想起

又好笑又有趣

若是现在见到你

却不知该如何说起

《竹》

愿朋友再来同享

飘落的梧桐树叶儿

撒下太多曾经的故事

在那每年的不眠之夜

在这梧桐树下的路上

从华灯初上

到灯火辉煌

我们一起观灯

赏月

诵读诗章

"蓦然回首，那人却在灯火阑珊处"

仿佛还在我耳边回荡

那一道道美丽的倩影

一张张可爱的笑脸

一幕幕欢乐的场景

就像花儿一样

一朵儿　一朵儿

一簇　一簇

又在我眼前绽放……

多么想朋友此时来

我们再同享

珍藏着的友谊

随着温暖的春风

你把问候送给我

带给我惊喜和快乐

那么多的岁月里

我们一起学习

一起工作

节日里

我们穿着碎花连衣裙

一起歌唱

分别三十余年

未再见过

今天的电话里

讲述着昨天的故事

很亲切

谢谢你

一直记着我

《菊》

朋友欢聚

举杯无须多言语

一切尽在酒里

朋友初相遇

又相见

再相聚

你说我来得太早

我说你到得太迟

崔老师

说到崔老师

想起曾经的故事

五十年代的一个春节

我参演了村子里排的话剧《枣红马》

剧中

崔老师演村长

我演模范饲养员的孙女

当我站在木板台上

看到连校院半截土墙上

都挤满村民时

紧张得忘了词儿

……

回到后台

崔老师却没半句责怪

而是亲人一样

拉着我的手

给我聊起话儿来

使我的心情

很快得以平复

当时

我才上小学

她已在外地师范读书

后来的好多年

我们再未见过

可是她那慈祥可亲的模样

使我印象深刻

生活中

遇到类似事情时

也影响着我……

不久前，听朋友说

崔老师虽已白发苍苍

可她的精神很矍铄

祝愿崔老师：安康吉祥！幸福快乐！

友谊之光

我和儿孙们一起乘车

去看多伦多的烧烤节

当地五十岁的司机

留着胡须

又少言语

倒像一位老者

当他得知

我们是来自中国时

便兴奋不已

不停地说

他说起一位医生的名字

——白求恩

白求恩的故事

我们都不陌生

他不远万里

从加拿大来到中国

参加中国的抗日战争

在战场上

为救治伤员

不幸牺牲

司机说

白求恩就出生在安大略省

他毕业于多伦多大学的医学院

司机说

他跟白求恩是亲戚

又是同乡

我无须究其真伪

重要的是

白求恩的事迹和白求恩精神

在中加两国人民的心里

代代不忘

《松鹤图》

一封泛黄的信

看着这封

已泛黄的信

不禁打开回忆之门⋯⋯

二十多年前

偶然的机会

在邯郸市报上

看到一则消息

——市散文沙龙成立了！

每月的最后一个星期日

开展活动

这对于爱好文学的我而言

是件开心的事情

可是

我看了散文沙龙的组成人员

竟都是多次在报纸上出现过的

我只拜读过他们的佳作

看到过他们的名字

可从来都没见过面容

更没有一个我认识的

我只是名文学爱好者

偶尔才在报纸上发篇短文

想到此

难免有些忐忑……

后来

我还是试着

给当时负责散文沙龙的李主席

写去一封信

询问，我是位医务工作者

能否来参加?

但心里明白

素昧平生

不回信

我也能理解

可令我没想到的是

一周后

李主席给我回了信

并对我表示欢迎

我乘坐公交车

第一次来到散文沙龙的时候

李主席热情地

把我介绍给大家

他们都鼓掌欢迎

使我感到

又亲切

又感动

从那天起

之后的每一次活动

我都准时参加

其中有个安排

大家分别读自己写的文章

以便

互勉、互励、互相倾听

李主席和诸位老师

鼓励我多练多写

要大胆地读给大家听

使我感到诸位老师的热情与真诚

很快

我也融入

这个欢快祥和的大家庭

后来

我退休了

跟随儿女居住在北京

离开的时候，因时间关系

都没跟他们辞行

之后的很多年

跟李主席和诸位老师

都从未联系

可是

李主席曾经对我的接纳、引荐

还有学习期间的鼓励

和对写作的指导

都让我受益匪浅

时时受用

李主席的那封回信起了很大作用

我也曾几次搬家

其中舍弃了不少物件

而李主席的这封信

我一直保存

前两年

我得到了李主席的电话

很快给他拨通

得知他亦退休多年

只是近来身体欠佳

正在休养中

我告诉李主席

待适当的时候

我便前去探望

为不打扰他的休息

很快结束通话

谨祝他早日康复！

望多多保重！

挂断电话后

想到曾经收到李主席回信时的心情

想到我在散文沙龙

学习的很多场景……

看着李主席这封已泛黄的回信

我心情难以平静

曾经的恩情与友谊

更加深刻地记在我心中

写给朋友

和你相处

我学会了欣赏自己

不仅多了自信

更加向往读书学习

和你相处

像面对一泓

清澈的泉水

一种纯真的情感

凝聚成真诚的情谊

我不擅长言语表达

只有由衷地给朋友说

谢谢你

《吉利图》

八斤女

曾经有位女生产队长

因婴儿时长得胖

而得名八斤女

她当了队长后

也没人叫她的真实名字

只喊她八斤女队长

她高高的发髻

红红的脸膛

走路风风火火

说话连珠炮一样

可她待人

真诚又善良

轻活儿让给弱者干

重活自己承担

每天她第一个来干活儿

却最后一个下晌

——谁有没干完的活儿

她都来帮

邻居的孩子生病了

哪怕是夜里

只要让她知道了

她都赶来帮忙

我和八斤女一起

收秋夺麦一起劳动

时至今日

已过六十多年

听说她已离开数载

可

八斤女的模样

我不忘

期　盼

不是在期盼中相遇

相遇是偶然

大家来自四面八方

又一起

在四面八方游览

我们一起观海

一起爬山

一起拍照

一起聊天

一起月下赶向车站

一起一日三顿共餐

谁有了困难都相互帮助

哪里有美景

便一起去观看

在相遇相识的

半个月间

友谊之树

悄然生长

很快

到了该分别的一天

本不是期盼中相遇

却在挥手告别时的瞬间

我想到了期盼

期盼着再相见

忆

有一个细雨时分

想起

曾经送别友人

我久久目送着你

你可知

我很想说句

挽留的话语

玫瑰花盛开的时候

我们曾相逢

你送我回家乡

在蒙蒙细雨中

今遇

梨花带雨的季节

从远处

飘来湿润的花香

不禁又想起

送别友人的时候

《梅花鹦鹉》

倾　听

如果有朋友对你倾诉

应尽量静下来倾听

因为

倾诉是一种信任

倾听

则是一种尊重

倾听是彼此间一次

心灵的感应

倾听是一份真诚

倾听是理解与分享

倾听是一种幸福和感动

倾听可以缩短彼此间的距离

倾听也能让烦躁得以平静

倾听

又不是一件很容易的事

有时需要做些心理调整

倾听比你年长者

你需长些年岁

倾听比你年轻者

你也要变得年轻

若是倾听大自然的风声雨声树叶飘动声

和鸟的鸣唱声等等

尽管用虔诚之心倾听

大自然也能感受到关爱和尊重

倾听

便越发体会到

大自然对人类的无私馈赠

倾听

是与人为善的事

在倾听中思索

在思索中倾听

与朋友交谈后的心语

小时候的纯真

哪儿去了?

随着走步丢在了路上?

跟着生活

消磨进了时光?

逐渐长大后的每个人

都有自己的悲欢离合

忧思哀伤

纯真被冲淡了

这便是岁月留下的痕

历经太多太多的事情

就少了儿时那分纯真

回首间

往往会想到很多的如果……或

假设……

这也是自己的不甘

或不愿

其实

每个人哪怕再完美的人生

也会遗憾留下诸多遗憾

勇敢些

想得开一些

看得淡一些

最重要的

是珍惜当下

过好现在的每一天

用极乐观的态度面对生活

所有的遗憾

也便释然

礼轻情意重

中秋佳节到

几个自制的月饼

很普通

让孙儿送去时

他们早在电梯处接迎

几个小小的月饼

在他们的心中很重

他们来自台湾省

一家人长住于北京

同是隔海相望龙的传人

有缘同楼住

理应同享我们民族传统情

——中秋夜赏月吃月饼

这小小的月饼

带去了深深的情

《之始·至简》

月 亮

银盘似的圆月

静静地挂在夜空

少女般的恬静

我默默地注视着明月

月无语

我无声

忽然

月亮害羞似的

一扭脸儿

躲进飘来的云朵中

溪旁观景

白白的云朵

在蓝蓝的晴空飘荡

蓝蓝的晴空

映在溪水中

蓝天白云在水里

水在蓝天白云上

我在小溪旁

俯仰间

美景一个样

光与光

月亮亮时

星疏疏

月亮来迟

星密密

是星光融入了月光

还是月光揽星光于怀中

美景亦解忧

院内灯下草径走

心中莫名隐隐忧

牵挂儿女？

思念故友？

走过小桥头

月已上高楼

微风轻轻吹

何处飘来琴声悠

伴着桥下溪水流

我沉浸于诗画般的围绕中

忧

已悄然远走

《出门俱是看花人》

春天来了

你向我们走来

送来百花盛开

我们向你走去

走进你的怀抱

尽享你的温暖

尽赏你的美丽

桃花赞

你从泥土中吸取养分

将最艳丽的色彩献给世人

你绽放灿烂时

内心默默孕育着果儿

果儿长出

你却一瓣儿一瓣儿地凋落

果儿成熟了

你早已融入泥土

只待春来

山顶上快乐的小树

风霜中

冰雪里

雨沐云蒸

梦仍在根底

春天到

万物皆生

一起成长

同享大自然

我

在高山顶上

没有名字也精彩

院中有棵小树

苍翠的叶儿

鲜红的果儿

多人前来观赏

谁也不忍触摸

好几次

我问人们此树叫什么名字

他们都笑着说：

"不认得"

突然

我有所悟

何必在乎它叫什么

只要它使观者赏心悦目

就把它纳入我们的生活

《春回大地》

花　根

花的根

在泥土里

它只管埋头工作

从不显露自己

有人夸

它不言

无人赞

也不语

可人们都知道

根有爱花的深情

也有报答落红化泥的情谊

一滴水　一颗星

你是沧海之一粟
就能助航船远行
你是群星中的一颗
就眨着亮晶晶的眼睛

秋　风

拂去云朵现明媚的月

掠过田园谷变成金黄

撩开晨雾见东升的红日

披于满山枫叶一袭红妆

思

人生像棵树

享过阳光雨露

历经风霜几多

有时还不知

花儿是如何绽放的

却已花逝呈果

《翱翔蓝天》

缘

人生能相遇者

皆是缘

聚是缘来

散是缘去

缘来时

欢迎并珍惜

缘去时

欢送不强求

哪怕缘来去匆匆

也坦然随缘而行

有一种……

有一种孤独可产生智慧

有一种沉默蕴含着力量

有一种醒悟若享福分

有一种幻想会添希望

有一种距离令倍加思念

有一种冷静能树起自尊的形象

有一种等待显身心的修为

有一种离别为祝福导航

有一种大谢常常不言

有一种大爱才是无疆

万物皆有情

一场真情中恸哭

哭得长城塌倒

一把雨伞

成就一桩姻缘

一对蝴蝶

延续真挚的爱情

一棵老槐树

结缘天上人间

一群鸟雀搭桥

助恩爱夫妻团圆

《康庄大道》

看画展

京城八月天

打的看画展

走过小桥林圃苑

曲径通幽别洞天

走进"大花园"

花鸟虫鱼儿

活灵活现

个个观者乐开颜

那一树的石榴

也高兴得咧嘴儿笑了

露出水灵灵的红籽儿来

画

四季春常在

长年百花开

蜂蝶不惧游人往

瀑布千尺无声来

诗书画歌

诗里颂词语的优美
书内嗅文字的墨香
画中赏花的娇艳
歌唱有助身心健康

天·地·人

天上的太阳

每日升于东方

落入西山

次日又于东方升起再落入西山……

日复一日

年复一年

从不停歇

大地承载着万物

——动物、植物、山川、河流等等

还要面对开采和挖掘

可大地从不抱怨

身为万物之灵的人

抬头可学习天的自强不息

低头可效仿地的厚德载物

如此得天独厚

我们还有何理由不优秀

《崇尚自然》

时　间

你什么也不说

什么都不做

却能将人或事物

改变很多

有人说你太无情

其实你最公平

只要懂得珍惜你

定能收获颇丰

变与不变

听起来很简单

——或变或不变

实则

变与不变

也像阴中有阳

阳中有阴那样

——变中有不变

不变中有变

都不可缺

莲花在河塘上空绽放

莲藕在水下淤泥中生长

花儿开得娇艳

藕长得白胖

谁更好呢

——都一样

如果只有莲花开

生活中缺一道美味菜

如果只有藕生长

何处寻觅荷花的风采

淡淡的忧伤

挥手告别

清风带着秋韵

轻拂我脸庞

深情地回望

很难忘

默然若思独徘徊

恰似河边漫步

但愿再来

《春》

问风儿

你从哪里来

又到哪里去？

风儿轻轻地吹

仿佛在回答

无论平原高山，森林草原，雪里雨里

都随处来

随处去

不费力气

因为跟随着自然的智慧和勇气

致小草

你没有树高

没有花姣

只有片片绿叶飘

可是不声也不响

已经装点着环境

美化着地貌

生活中

常有人谦虚地把自己比作你

说

"我是一棵小小草"

写给书

你领我走进一方净土

解我的不解和困惑

你默默无声

却讲述着太多的喜怒哀乐

只要走进你的世界

心胸宽广

思路亦开阔

心　窗

在困难

困惑

或迷茫的时候

静下来

试着打开自己的心窗

很快

会有一抹圣洁

一片亮堂

视野开阔

心情舒畅

赏晴空明月

嗅院中花香

《蟹爪莲》

多么……也……

多么幸福的人

也会有不幸

多么黑暗的时候

也有光明

多么精彩的人生

也会留有遗憾

多么迷茫时

也有指路明灯

在各种不同的情况下

或不同的环境中

能想到该想到的

能看到该看到的

便能淡然、坦然、从容

路

又远又长

曾历几多雨雪风霜

有迷茫

有彷徨

蓦然间

又见美景在路旁

足迹在路上

路

在心里

幸福也在路上

有时一个人走路

会很累，很匆忙

顾不得赏路旁的春花秋实

也来不及嗅花的芬芳

当你和亲人或朋友

结伴而行时

会从容得多

谈笑间

即使不观景致

不嗅花香

幸福也在路上

《滴水观音》

路的一端还有路

走在路的一端

会发现一条界线

心中一闪

很快会有自己的判断

路迢迢

路漫漫

路有另一条

也有另一端

初　冬

晴空的阳光

和煦温暖

蓝空的白云

若腾起的袅袅青烟

我看到近处

想起遥远……

乘云彩遨游

像登上宇宙飞船

与清新的气息相融

愿飞得更高更远

仍在天地间

——心旷神怡

如碧空蓝天

收　获

很多往事

一件件

一幕幕

都还记得

无论是酸甜苦辣

或遗憾与坎坷

其实

人人都有过

也许这才是人生

多彩的生活

有些面对

特别是不开心的难事时

可能只犯愁或难过

却不知如何去排解

往往事过之后

静心回首间

才意识到

所有的经历

都在丰富着自己的人生况味

其实

都有收获

《鸡冠花》

思 索

女人注重直觉

理解的人不用讲

不理解的人无须说

只望彼此安好

有些话语留在心里

往往是美丽的思索

花和叶的悄悄话

春天来了

花抿嘴儿笑

她低声对叶儿说：

喂，你好！

太阳升起来了

——是春早

叶儿摇摆了一下

对花儿说：

嗯，我知道，你看啊！

春天真好！

花儿红艳艳地绽放了

叶儿绿滋滋地轻轻摇摆

《牵牛花》

牵牛花

早晨

院子里的牵牛花开了

散发着淡淡的香

乍一看

花的形状都相同

其实

细细看来

形态则不一样

有的绽放

有的未开

有的只微微咧开嘴

半开又不开

若问我喜欢哪一样儿？

我的回答

可能出人意料

我喜欢的是第三种

——半开又不开

她好像妙龄少女在微笑

一种含蓄的美丽

最是无与伦比的精妙

雨　夜

丝丝细雨

滋润着秋意

玻璃窗上

流淌着痕迹

像泪

是雨

是沉静中的思绪

很多事

已悄然远去

姑且不言

回忆的意义

可，有些体会和感受

仿佛比当时更清晰

只是

此一时非彼一时

月下行

晴空月色皎

漫步独行任逍遥

院内静悄悄

我叮嘱自己轻移步

勿扰路边花

勿惊树上鸟

我不是你，你不是我

人与人

走过不一样的路

历经不同的平坦或坎坷

不一样的辉煌或蹉跎

同样走过的路

往往会

有着天壤之别的感觉

或者

我站在山上看谷

你站在谷下看山

同样有山有谷

而角度不同

感觉自不必说

因为

我不是你

你不是我

《松鹰图》

太　阳

初升的太阳

名旭日

西落的太阳

谓夕阳

旭日，夕阳

都放射着万丈光芒

都放射出太阳温暖

和煦美丽的光

只是人们对不同时间太阳的

别称

太阳毫不理会

大家叫他什么

他只管按照本心

遵循天体的轨迹

东升……西下……再东升……

周而复始

把阳光洒向大地

使万物生长

有时候

会有云雾遮挡太阳

绝掩盖不住太阳的光芒

太阳从云隙间

放射出的万道金光

会让大地感到太阳更亮

更强

更加光芒万丈

太阳，就是太阳

种　子

种子

你的力量好大

把你放到瓦垄上

你能在狭窄的

瓦与瓦之间长出嫩芽

把你丢在石缝里

你也会在坚硬的石缝中

布一抹新绿

把你埋进泥土里

你很快

便生根发芽儿

根扎泥土深处

芽儿，破土而出

种子

你的内心

美丽而丰富

充满着绿叶、红花和果儿

"春种一粒粟，秋收万颗子"

来春种万粒

秋到将收得更多

更多……

种子

你是希望

是生命

是世间史书中

最璀璨的一页

蓦然间

我将目光

投向美丽的田野

谁与谁都不一样

鱼儿在水里游

鸟儿在天空飞翔

种子埋进泥土里

才更富有生机

苗儿必须有阳光和雨露

根却在地下长

新鲜的果子

味道甜美

陈酿的老酒

愈加醇香

云朵儿随风

飘来飘去

太阳永升东方

人与人

也各不同

有瘦

有胖

有的人性情拘谨

有的人性格开朗

这些

太多太多的不一样

形成人世间

斑斓、缤纷、辉煌

说不清

其间有多少

精彩故事

也不知

从哪一年

哪一天

我感到一种力量和权威

使我开始

对这诸多的不一样

产生了热爱和敬畏

《荷》

清华大学的荷塘

这荷塘

我多次来过

不同季节

有着不同景色

最是秋夜明月时

更具荷塘别样颜色

虽有荷花已谢

荷叶韵致依然婆娑

月光下的荷塘

与小桥旁的柳

和柳下路边的花草

都在亲切地

相伴着……

面对月色荷塘

我想起《荷塘月色》

若回中学诵读时

又闻琅琅读书声

……

今夜月明媚

风清爽

月下荷塘里

明暗有致

动静交融

我见几位清华学子

结伴走来

他们拿着书或本

漫步中交谈着什么

我在月下荷塘边

观赏着此景

如诗如梦

好想捧一缕月光

带回

月光与荷塘

相映的美景

如果······

如果我是雨

我愿落到田野里

去浇灌禾苗

滋润大地

如果禾苗和大地

已被雨水润透

我愿停止降落

把雨滴隐在云里

哪怕寂寞地

飘得很远很远

我也愿意

如果我是云

我愿意承载着

不该下的雨

无论多沉

多累

哪怕飘千里万里

如果我是一缕清风

我愿意吹到环卫工人

工作的地方

帮他们

吹干脸上的汗水

吹去衣帽上的灰尘

如果我是一棵小草

我愿用点点的绿色

点缀大地

无论我长在何处

即使长到悬崖峭壁

人们不易关注的地方

只要春一到

我依旧展现

绿色的本意

如果我是一棵菊花

我愿在

承受和经历寒霜后

依然开放

在百花凋谢了的时候

不仅能给人们赏心悦目

别一番勃勃生机

更重要的是

凸现着坚强的力量

如果我是一棵树

我愿不惜力气

深深扎根于土壤

供枝叶

迎着太阳和雨露

生长得枝繁叶茂

夏天到了

撒一片绿荫

像把硕大的伞

给路人乘凉

如果我是一只小鸟

我愿每天展开歌喉

把最悦耳的鸟语

伴着芬芳的花香

使环境变得更加优美

让忙碌的人们生活中多一分欢畅

如果我是一只小蜜蜂

我愿不辞劳苦

每日多次飞出

飞到西

飞到东

从百花中采来花粉

在辛勤中酿成蜂蜜

贡献给人类

如果这些如果

终究只是如果

我愿还我本真

我是生活中

极平常，极普通的一个人

——为人女，为人妻，为人母

如果……

如果只能是如果

我愿将诸多如果的愿望

全赋予我

愿这些愿望

化作潜能和力量

我将尽我所能

倾我所力

做好我自己

愿春天常在

每一年

都有一个悄然而至的好时光

——春天

她在严冬过后到来

尤为令人喜欢

可是

她来了又走了

去到远处

别的地方

我曾幻想

挽留她永驻

不行啊

有夏天在催促着她呢

春天不走

夏天没法来

就这样

她来了又走了

曾给我留下

一抹思念

和一丝惆怅

不过

没关系的

只需关注着

当桃花的蓓蕾

涂成粉红色的小脸

抿嘴儿乐的时候

其实

春天已经来了

——她带着暖意

飘着芬芳

就这样

又是一个悄然而至的好时光

——春天

《枝繁叶茂》

游　湖

夕阳下的湖水

金光闪闪

粼粼波光

我们

缓缓荡船

尽情观赏

不觉间

就到了湖心岛公园

——一个幽美的地方

绿树荫荫

绿草丛丛

鲜花绽放

游客川流不息

一个个

都像画中人一样

不是……是……

不是我不想说

是我了解得不够多

不是我不想告诉你

是我体会得很不深刻

不是我对生活太过热爱

是生活实在太过精彩

即使生活中直白又普通的事或物

都有一番哲理的存在

不是相同里有不同

便是不同里有相同

……

不是所有的花

都开得像牡丹一样雍容华贵

不是每一棵树

都能成为栋梁之材

不是各种树的叶

都同松柏的叶一样常年不落

不是所有的鸟

都跟黄鹂鸣翠柳那样

唱出悦耳动听的歌来

不是所有的鸟禽

都能飞上蓝天

不是每一只孔雀

都能有漂亮的尾屏展开

不是每朵云彩

都会带来雨水

不是每颗星星

都明亮得像金星太白

不是所有的泪水

都是伤悲

不是所有的笑声

都是开怀

不是每一次沉默

都是无奈的叹息

不是每一次寂寞

都是秋叶的飘落

这诸多的"不是"

其实不是"不是"，而是"是"

是造化之妙

是个人情绪差异的转折

是不同人对不同境况的感受

是，不是中有是

是中有不是的实话实说

赞谷穗

金色的谷穗

长着饱满的籽粒

籽粒紧紧地在一起

你挤着我

我靠着你

谷穗上的茸茸细丝

传递出籽粒成熟的消息

记得

初秀的无籽幼穗

把头高高仰起

也许会有人觉得你太骄傲

对此

你不介意

只管沐浴着阳光

和雨露

成长自己

充实自己

待饱满的籽粒成熟了

你褪下青涩的服装

穿上金色的外衣

还谦虚地

弯腰把头低

默吟自己的心曲

我弯腰低头在"算账儿"呢

"春种一粒粟，秋收万颗子"

等到春来时

把我穗上的谷粒

全都种到田里

到了秋收的季节

将会收获很多很多的谷粒

啊

谷穗有思考

有追求

有抱负

有目标

一心为人类做贡献

弯腰低头

只待春来早

《松石图》

秋

秋风秋韵秋亦新

湛蓝的天空

飘着白云

树上的果儿

都红了脸儿

菊花盛开了

满园菊香满园馨

大雁南飞排成行

大雁归来满眼春

春有春的生机

秋有秋的魂

秋是美丽的

秋是富有的

秋是绚烂多彩的

秋有着宽广博大的胸襟

不只秋叶明媚

更有田间遍地金

窗　外

独自

窗前观窗外

淡云薄雾

待晨开

朦胧之美丽

美丽之朦胧

别出心裁

东方阳光初照时

浓浓的

诗情画意满窗外

苍翠绿树

层层茂

鸟儿枝头唱开怀

高歌新一天的到来

车行早

大路行

小路弯弯游人来

——漫步窗外的街心公园

那里仍有花儿开

阵阵花香飘进来

别一番景致

是初秋的安排

我给风景点个赞

是风景给我晨起的欢快

我在窗前欣赏风景

窗外的风景只管

从容精彩

昨日今日明日

昨日

像只蝴蝶

已悄然飞走了

不可以只记得

它的美丽和逍遥

还须不忘

它破茧而出的

艰辛和执着

昨日

已悄然而过

不论荣耀还是坎坷

它在生活中存在过

可它不只是无谓的存在

它为今日留下

或提示着

太多的回忆和思索

今日

该如何生活

是苦

是乐

是只等待着明日的到来

还是

须多多珍惜

坚持奋斗和拼搏

选择的不同

会结出天壤之别的果

悄然而来的今日

和将要来到的明日

也都会

悄然成昨

所以

最重要的必须珍惜

今日的生活

今日

将决定着你的

明日回忆什么

今日

像一棵小树

除了大自然给予的阳光雨露

还得施肥、浇水、培土等

才能使小树

长成参天之高

枝叶茂密婆娑

给明日的人们

带来欢乐

明日

像一首人人都想唱好听的歌

可，这也不是件容易的事

须从今日开始

便学着记词儿

背曲儿

反复练唱

明日才能唱出

余音绕梁的歌

无数个昨日

无数个今日

无数个明日

在称谓不断更换后

终究成为一个

共同的名字

——岁月

当有一天

静思回望岁月的时候

才是原本昨日、今日、明日的总结

也许功成名就

这固然是好

可未必每个人

都能轰轰烈烈

有着辉煌的成果

只要无悔于心

无愧于曾经用心

学唱过那首明日的歌

在走过的岁月中

便少了一些蹉跎

《水仙花》

忆

挥手告别了多年

回眸间

已不见昔日云朵

走进公园

只觉得清风

裹着温馨的气息

轻拂我心房

公园

这熟悉的地方

顿然

丛花芬芳飘然至

二度梅香立丛台

走过七贤祠

思古忆往独徘徊……

难忘相聚畅饮酒

暑期树下共野餐

……

往事已如烟

却永记心间

那些美好的事物

难忘的场景

在忆中再现

光阴荏苒

时过境迁

岁月使然

而难忘的美好不变

忆时当如赏诗画

不为岁月无返空忧烦

柴米油盐

家庭生活

离不开的是

柴米油盐

很平常

很平凡

久之

当静心回望的时候

却惊奇地发现

每一根柴

每一颗米

每一滴油

和每一粒盐

都被揉进了岁月

变成了浓浓的情

《绶带鸟》

人　生

人生之路

一程又一程

一程是雨

一程是晴

走过日月四季

春来时

喜迎花开

秋到后

笑送落红

漫漫人生路

人人难忘启程之初

心中的梦

走着走着

梦想成真了

便又有了新的梦

人生很奇妙

每个人都是赤条条

哭着来

人们都笑着迎

而走的时候

衣冠整齐

哪怕是笑着走

人们也都哭着送

人生之路

就是来之后

走之前这段时光

又何为精彩人生

平坦的一程

和同路者

携手前进

坎坷的一程

与同行的人

互相帮扶

遇到雨

冒雨前进

逢到雪

踏雪前行

遇到高山

须勇于攀登

不嫉妒走在前头的人

因为你也在努力

走向山顶

不嘲笑落在你后边的人

因为你下山时

还会与之相逢

漫漫人生路

尝过酸甜苦辣

经过悲欢离合

有过对正义的坚守

有过对理想的追求

懂得了人生的真谛

便是幸福精彩的人生

心灵的翅膀

心灵有双智慧的翅膀

在广袤的高空翱翔

飞过大山、平原和海洋

飞遍地球每一个地方

不管冬夏春秋

无论雨雪风霜

势不可挡

飞到哪里

都为哪里播撒和平

传递善良

如果能为之做出

一点儿贡献

才不愧

赋予心灵那双智慧的翅膀

学·悟

春到花开蝶舞

夏来烈日照晴空

秋进五谷成熟

冬雪飞落河水结冰

东启明

西长庚

暮送夕阳下

朝迎旭日升

四季更迭

天地运转

生生不息

自然而然

▌编者按

　　《足迹在路上，路在心里》是一部诗歌集，是作者近年来创作的作品结集，只看书名，就知道这是一部抒情诗集，抒发了作者对故乡，对田园，对四季，对友情，对时光等等的感恩感悟感慨，文字充满了美好，语调平实、和缓，像一缕柔风直抵人的内心。比如"你从泥土中吸取养分／将最艳丽的色彩献给世人／你绽放灿烂时／内心默默孕育果儿／果儿长出／你却一瓣儿一瓣儿地凋落／果儿成熟了／你早已融入泥土／只待春来"。有些诗歌，光是标题都能让人心生欢快："山顶上快乐的小树"听着"花和叶的悄悄话"，在"雨夜"独自"月下行"……这种浅唱低吟般的文字会让人不由生出：生活真好！不由得想要认识名字温婉慧秀的作者。

　　十几年前在退休老编辑、我极其尊敬的金正磐老师的引荐下认识了韩淑芳老师，那年韩老师出版了她的第一本书——散文集《春天里的四季》。《足迹在路上，路在心里》是韩老师的第四本专著，也是我给她编辑出版的第四本书。在我们从未见过面的十几年里，韩老师笔耕不辍，把每一部作品都交给我来编辑出版，这种信任对我来说是莫大的鼓励！我很感谢，因为这是作者对编辑的最大肯定。

　　韩老师不仅一直坚持创作，而且作品体裁非常广泛，第一本散文集《春天里的四季》之后，长篇小说《叔叔爹》就接连出版。大家都知道长篇小说对于写作要求更高，故事情节要连贯，最重要的是要能够充分吸引读者，书中人物众多，让小说情节紧凑高潮迭起的同时非常考验作者的文字圆满性和节奏的把控度。因为从事图书出版工作，我通常是从编辑的角度来评价一部作品，工作中有时候对于红笔下的稿子无法兼顾阅读的乐趣，但是《叔叔爹》在文字编辑过程中就让我产生了共情，我甚至希望这本书能被改编成电视剧，让更多读者直观地感受作者创作的心血。这也充分显示了韩淑芳老师对文字的把控能力。韩老师的第三本书《旅途花开》是一部散文诗歌集，又回归短文与分行文字的简练与细腻。其实你若是听过韩老师的声音，必定会和我有同样的感受，韩淑芳老师绝对是文如其人，一位温柔宽容的长者。

读过《足迹在路上，路在心里》这部诗集更能体会，韩老师的生活丰富而充实，诗集中穿插的39幅写意山水画就是很好的印证，可以说诗书画成就了韩老师，韩老师通过文字和画让生活更加鲜活，更有韵味。文字的浸润使得韩老师更加从容，一直保持着一颗年轻的心，见花花妍，看雪雪润，连生活的哲理也充满了诗意，让人平和安然地接受生活的馈赠，而没有觉得这些馈赠其实是人用一生的努力和经验、经历争取的，这种温婉的性格处处跃出文字，走进读者的心里。